VESOUL SOUS LA RÉVOLUTION

CONFÉRENCE

FAITE A L'HOTEL DE VILLE DE VESOUL

PAR

M. Louis MONNIER, Professeur au Lycée

BESANÇON

TYPOGRAPHIE ET LITHOGRAPHIE ABEL CARIAGE

1895

VESOUL SOUS LA RÉVOLUTION

Conférence du 31 mars 1895

Par M. MONNIER, professeur au Lycée.

Un philosophe de l'antiquité disait : « Je suis homme, et rien de ce qui est humain, ne m'est indifférent. » Je dirai avec une légère variante: « Je suis un peu Vésulien, et rien de ce qui intéresse Vesoul ne m'est indifférent. » Voilà pourquoi, à mon retour dans cette bonne ville, j'ai demandé à en connaître l'histoire. Partout on m'a répondu : Vesoul n'a pas d'histoire.

Heureuse ville, me disais-je, dont la vie régulière et calme s'écoule sans fièvre et sans secousses. Elle mérite une mention spéciale, une mention honorable dans les fastes de notre province car enfin, les autres villes franc-comtoises ont une histoire : Besançon a la sienne qui est très chargée d'évènements. Lons-le-Saunier a la sienne aussi ; il n'est pas jusqu'à la petite ville d'Arbois qui n'ait des annales fort intéressantes, agrémentées d'anecdotes tout à fait curieuses.

Comment se fait-il que Vesoul échappe à la règle géné-rale ? Sans doute c'est une ville ouverte, mais c'est une ville frontière ; elle a eu des remparts, et il en reste encore. Sans doute ses habitants sont renommés par la douceur de leur caractère et la courtoisie de leurs manières; mais enfin. il y a quelquefois des tempêtes sur les lacs les plus tranquilles.

Bref, je me perdais en conjectures quand un jour, notre aimable archiviste départemental m'apprit que Vesoul avait bien une histoire, mais pas d'historien. L'histoire de Vesoul est à faire : les matériaux existent ; ils sont disséminés un peu partout, à la mairie, aux archives départementales, dans les bibliothèques publiques, et même un peu dans celles des particuliers. Il reste à rassembler ces documents, à les classer, à les coordonner, et enfin à les disposer dans cet ordre lumineux qu'on appelle « l'Histoire ».

En attendant qu'il sorte de la jeune génération un historien laborieux et érudit, je veux essayer de vous raconter ce qui s'est passé à Vesoul, pendant cette époque tourmentée et fiévreuse qu'on nomme la *Révolution française* Mais au préalable, je tiens à remercier les personnes qui ont bien voulu me fournir quelques documents, et en particulier M. le Maire qui m'a permis de consulter les archives municipales.

PREMIÈRE PARTIE

A Vesoul comme ailleurs, la Révolution existait en germe bien avant 1789. Depuis longtemps on y gémissait des abus de toute sorte accumulés dans le cours des siècles, malgré les réformes de Colbert. Ces abus étaient si criants que les Franc-Comtois ont envoyé un jour une députation à Louis XV, pour les lui signaler et lui rappeler en même temps les privilèges de leur province, privilèges que le Gouvernement royal violait avec un sans-façon incroyable. Vous connaissez le résultat de cette ambassade. Louis XV dit aux députés : « Vous parlez toujours des privilèges de votre province ; quand cesserez-vous de m'en parler ? » — « Sire, quand Votre Majesté cessera de les violer, lui dit un Franc-Comtois. » Mais Louis XV a continué. Le pays était las de ce régime, et attendait les réformes avec une patience digne d'un meilleur sort. Aussi les Vésuliens ont salué comme l'aurore d'une ère nouvelle la réunion des États généraux, premier acte de cette grande tragédie politique, qu'on appelle la Révolution française.

Les élections, tumultueuses dans beaucoup de localités, furent calmes à Vesoul, ce qui prouve que le bon esprit de la population ne date pas d'aujourd'hui. Ce bon esprit de la population s'est encore affirmé, dans la rédaction du cahier des doléances.

Les bourgeois de Vesoul et du bailliage, ont signalé en termes polis et respectueux, comme des gens bien élevés, les principaux abus dont la réforme était urgente. Je regrette de ne pouvoir vous lire cette pièce en entier, car elle fait honneur à ceux qui l'ont rédigée. Faute de temps, je me borne à vous en donner une faible analyse. Les bourgeois demandaient donc la liberté de la presse, la liberté pour chacun de s'établir où bon lui semblerait, l'uniformité des poids et mesures, la suppression des privilèges, des douanes intérieures et de la vénalité des charges, la réforme du tirage au sort, la suppression des pensions accordées par la Cour, et enfin (notez bien ceci) : « *le développement d'un système d'instruction pour former à la Patrie un peuple qui soit sa consolation et sa joie.* » Voilà le langage digne et ferme que tenaient en 1789 les notables bourgeois de Vesoul. Je suis heureux de rendre hommage à leur sagesse et à leur modération.

Mais voici qui est mieux encore : La Noblesse et le Clergé du bailliage de Vesoul ont donné un exemple mémorable de leur patriotisme et de leur désintéressement en renonçant dès cette époque à toutes leurs exemptions pécuniaires pour le présent et pour l'avenir ; ils n'ont pas attendu la nuit du 4 août pour faire un sacrifice généreux, de sorte que le grand mouvement d'égalité politique et sociale qui allait bientôt régénérer la France et étonner le monde, a pris naissance ici et ce sont nos pères qui en ont pris la courageuse initiative.

Les bourgeois de Vesoul, touchés de cette grandeur d'âme, se sont alors rapprochés des deux autres ordres, et tous, mettant en commun leurs lumières et leur bonne volonté ont rédigé un *cahier* qui résumait les vœux et les espérances de toute la population.

Ces instructions aux députés de 1789 font le plus grand honneur à la sagacité de nos ancêtres et forment un monument impérissable de sagesse et de clairvoyance politique. On y trouve, tracés d'une main sûre, les grands principes du gouvernement constitutionnel, et les grandes réformes à opérer : séparation des pouvoirs, responsabilité des ministres, égalité des citoyens devant la loi, leur admissibilité à toutes les fonctions publiques, respect de la liberté individuelle, vote de l'impôt par les députés, contrôle des dépenses, suppression des emplois inutiles et des tribunaux exceptionnels, etc., etc. Je ne crois pas que dans toute la France aucune assemblée électorale de 1789 ait tenu un langage aussi net, aussi précis, aussi modéré, aussi sage que celui de Vesoul.

N'allez pas croire cependant que nos ancêtres du siècle dernier se soient montrés trop timides. Ainsi la trente-deuxième demande est formulée en termes énergiques : on recommande aux députés de n'accorder aucun subside au gouvernement, si les droits de tous les Français ne sont pas au préalable reconnus par la Charte nationale et si les ministres ne font pas connaître exactement la situation du trésor.

Voilà comment, à Vesoul, on savait en 1789, défendre les intérêts des contribuables, sans manquer de respect au gouvernement établi.

Hélas ! ce gouvernement commettait bien des maladresses. Sans doute, Louis XVI était un prince animé d'excellentes intentions, mais il manquait de caractère et d'énergie. C'est ainsi qu'après avoir choisi de bons ministres comme Turgot et Necker, il n'a pas su les garder. Le renvoi de Necker a occasionné la prise de la Bastille, et aussitôt toute la France a été en ébullition. Louis XVI comprenant qu'il faisait fausse route rappelle Necker, et celui-ci qui était en Suisse retourne à

Paris en passant par Vesoul. Il y eut à cette occasion une importante démonstration de la ville entière.

Les mémoires du temps disent que la joie ou plutôt le délire des Vésuliens était inexprimable : on avait formé sur le passage de Necker une double haie de dix rangs de soldats; le général est allé à sa rencontre et lui a fait un compliment chaleureux. Le Père du peuple — c'est le surnom que les Vésuliens donnaient à Necker — le Père du peuple a paru enchanté de cet accueil si cordial, car les Vésuliens voulaient lui décerner une couronne civique, mais il a eu la modestie de refuser. Alors, on a accroché la couronne à sa voiture et il s'est rendu à l'Hôtel de ville avec sa femme et sa fille Madame de Staël, exprimant le regret de ne pouvoir prolonger son séjour à Vesoul (Juillet 1789).

A peine rentré à Paris, il écrit à la municipalité de Vesoul, pour la remercier de l'accueil qu'il avait reçu et dont il gardait un souvenir ineffaçable.

Tout semblait marcher à souhait, quand il arriva aux environs de Vesoul un évènement « qui porté bientôt à la tribune nationale fit grand bruit dans la France entière et devint comme le signal de la guerre aux châteaux. »

A cette époque il y avait à Quincey un château assez considérable appartenant à M. de Mesmay, conseiller au Parlement de Besançon. C'était un seigneur de Quincey, mais un seigneur bon vivant qui ouvrait volontiers aux habitants de Vesoul les portes de son château, quelques fois même les portes sa cave fort bien garnie. Voilà pour quoi le 19 juillet 1789 un rassemblement de Vésuliens, après avoir fêté toute la journée le retour de Necker, se dirigea le soir vers le château de Quincey.

Vous savez ce que dit le proverbe : « l'Allemand est content quand il boit et le Français boit quand il est content. » Les Vésuliens qui sont de bons Français ont voulu boire encore un coup à la santé de Necker, mais avec le vin de M. de Mesmay. Celui-ci était absent : son intendant a distribué aux visiteurs toutes les provisions qui étaient dans le château. On buvait, on riait, on chantait ; peut-être même dansait-on dans le jardin quand, tout-à-coup, une formidable explosion se produit et termine dans le deuil et les larmes cette journée de ripaille et de joie. Que s'était-il donc passé ? Dans le moment, on a cru qu'il y avait là un guet-apens, un horrible forfait, comme disaient les députés à Versailles. Voici, en peu de mots, l'explication très simple de ce tragique accident :

Le Parlement de Besançon, pour rendre service aux paysans, avait interdit la culture de la vigne dans certaines localités où elle ne rapportait plus rien, et au contraire, il encourageait cette culture dans les côteaux excellents comme ceux de Quincey. Or, M. de Mesmay, qui était membre du Parlement de Besançon, a voulu donner le bon exemple. Il faisait donc, à ses frais, de grandes plantations sur ces côteaux pierreux, et il améliorait les chemins et les sentiers en pratiquant des mines. En conséquence, non loin de la fontaine actuelle de Quincey, il avait un bâtiment isolé où se trouvait un baril de poudre. Cette petite maison isolée, fort connue des habitants de Quincey, l'était beaucoup moins des visiteurs vésuliens. Il y avait parmi eux quelques soldats qui, cédant à une curiosité malsaine, ont voulu perquisitionner dans ce local. Voyant un petit tonneau, ils en ont approché une lumière qui a déterminé une explosion formidable dont ils ont été les premières victimes (1).

---

(1) L'explosion a été si forte qu'un bœuf effrayé s'est sauvé des écuries pour aller se cacher au loin dans une carrière, d'où l'on n'a jamais pu le faire sortir. Il a fallu le lapider sur place.

La nouvelle de cette catastrophe fut le signal d'un déchaînement de colère et de rage, car dans le premier affolement on a crié à la trahison, à l'assassinat. Aussi la foule trompée par les apparences, s'est-elle livrée à de terribles représailles...

Le château de Quincey a donc été pillé, saccagé et finalement incendié. Ces scènes de désordre qui avaient pris naissance aux portes de Vesoul se sont renouvelées dans toute la région.

On criait : Guerre aux châteaux! guerre aux nobles! Les esprits s'échauffaient; des bandes armées s'organisaient partout; de tristes individus distribuaient à Vesoul, soit des brochures séditieuses (1), soit des satires mordantes contre les familes aristocratiques, et en particulier celle d'Andelarre ; d'autres troublaient l'ordre public par des vols, des incendies, des attaques à main armée contre les voyageurs et même contre les gardes civiques. D'autres encore profitaient de ces troubles pour dévaster à leur profit les forêts communales. Les propriétaires éffrayés adressaient plainte sur plainte aux autorités de Vesoul.

La municipalité, émue de cette situation, a rédigé une sorte de manifeste énergique où elle invitait les habitants à rester calmes, et à respecter l'ordre public, menaçant de châtiments sévères les perturbateurs de la société. Il était défendu de former des rassemblements sur la voie publique, de tirer des coups de fusil, de lancer des pétards, de battre le tambour et de sonner les cloches.

Enfin, à dix heures du soir, on sonnait le couvre-feu, et les propriétaires étaient tenus de fermer les portes de leurs maisons, cours, jardins et même les trapons de

_____

(1) On trouve aux Archives départementales un billet ainsi conçu : «Tu seras incendié et égorgé; nous te le jurons.»

cave. La sollicitude de la municipalité s'étendait aussi jusqu'aux écoliers. Il leur était défendu de faire du tapage dans les rues, de stationner sur les places. Les instituteurs, professeurs et maîtres de pension devaient les surveiller au sortir des classes, et même, chose grave, tous les congés ordinaires et extraordinaires étaient supprimés; on faisait classe tous les jours, matin et soir, même le jeudi, sans crainte du surmenage. Les parents étaient d'ailleurs responsables des faits et gestes de leurs enfants. La proclamation de la municipalité se terminait ainsi : « La nation vous appelle à la liberté, non à la licence. Tout excès, tout attentat contre l'ordre public est un crime de lèse-patrie. »

Grâce à cette attitude virile des autorités, l'ordre n'a pas été troublé jusqu'au 15 mars 1792. Mais, ce soir-là, il y eut une petite émeute dans la rue des Murs.

La foule s'est ruée, le soir, sur une certaine maison habitée par une vieille fille qui n'a eu que le temps de s'habiller à la hâte et de se sauver chez des amis.

La police est arrivée, comme d'habitude, un peu en retard, à neuf heures du soir. Mais déjà les portes et les fenêtres brisées avaient livré passage aux envahisseurs qui ont tout saccagé.

Pour le coup, la municipalité s'est fâchée et a écrit une lettre vigoureuse au président du district pour signaler le fait et demander une réparation exemplaire. La lettre se terminait ainsi : « Ceux qui, au lieu de jouir des bienfaits de la liberté, se livrent aux fureurs de la licence sont autant d'ennemis publics dont il faut arrêter les écarts. Si l'autorité ne s'occupe pas de la répression de ces délits, l'impunité et la contagion de l'exemple, conduiraient infailliblement à l'anarchie et à la dissolution de la société. Le corps municipal ne peut garder le silence sur ces désordres sans en devenir complice. »

Voilà un noble langage ! Si toutes les municipalités de France avaient eu à cœur, comme celle de Vesoul, le maintien du bon ordre et le respect de la propriété, la France n'aurait pas été le théâtre de scènes navrantes qui jettent une ombre sur l'aurore des temps nouveaux.

Dans l'intervalle, l'Assemblée de Versailles avait élaboré une constitution sage et modérée et Louis XVI avait ratifié toutes ces réformes, ce qui lui a valu le titre de Restaurateur de la liberté française.

Cette solution pacifique et heureuse d'une grande crise nationale qui durait depuis deux ans a produit à Vesoul une émotion considérable et la municipalité a envoyé au roi une lettre enthousiaste pour le remercier de ses bienfaits.

Quelque temps auparavant, la ville avait écrit au ministre de Louis XVI une lettre énergique. Voici à quel propos : Vous savez qu'à Versailles un régiment des Gardes françaises avait foulé aux pieds la cocarde tricolore, emblème de la Révolution française ; or, ce régiment fut désigné pour tenir garnison à Vesoul. La municipalité craignant des tumultes et des rixes s'y est opposée formellement en déclarant qu'elle voulait conserver son régiment de Chasseurs, déjà populaire à cette époque, comme il l'est encore aujourd'hui.

Malgré cette popularité, les Chasseurs étaient quelquefois en butte à de lâches agressions, ou à des propositions déshonorantes. A la porte de la caserne, on voyait certains individus qui arrachaient les affiches, et, au nom de la liberté, conseillaient aux soldats de désobéir à leurs chefs.

A la fin, le colonel des Chasseurs s'est fâché lui aussi, et a envoyé au maire un rapport, où il signalait ces malfaiteurs d'un nouveau genre, dangereux, disait-il, pour l'ordre et la liberté.

L'assemblée municipale a répondu par un nouveau manifeste où elle rappelait à l'ordre les agitateurs et décrétait 500 fr. d'amende pour toute lacération d'affiche. Bien plus, comme le carnaval aurait pu fournir une occasion de désordre, la municipalité a défendu les bals masqués, les déguisements, et même l'étalage des masques ; le tout sous peine d'une amende de dix livres.

Enfin, pour renforcer la police locale, les Vésuliens ont organisé sept compagnies de gardes nationaux, armés et équipés, formant un effectif de 600 hommes.

La municipalité aurait bien voulu avoir quelques canons; mais elle n'était pas assez riche. C'est alors qu'un citoyen généreux nommé Dornier lui en a donné 8 qui ont grondé, pour la première fois, à l'anniversaire de la fête de la Fédération ; car Vesoul aussi a voulu célébrer cette fête patriotique.

On avait élevé dans la prairie un magnifique autel de la Patrie, pour y célébrer l'office divin. La cérémonie a eu lieu à 10 heures. Tous les corps administratifs et judiciaires étaient présents, l'armée aussi. Les papiers du temps disent que le spectacle était imposant. Le soir, la ville a offert un banquet à toutes les troupes de la garnison; on a bien chanté et bien ri ; tout le monde était satisfait (1).

Comme vous le voyez, la municipalité avait fort à faire, et cependant, au milieu de toutes ces agitations politiques, elle trouvait encore le temps de songer à l'ins-

_____

(1) Cette fête de la Fédération s'est continuée à Vesoul les années suivantes, et avec le même éclat. En 1792, on l'a célébrée dans l'église cathédrale et l'on y a entendu un long discours prononcé par le vicaire général de l'évêque constitutionnel. Le sujet de ce discours était le *Véritable Amour de la Patrie*. On y trouve un sombre tableau de l'ancienne France et de « *ce régime gothique et barbare que des citoyens trompés ou séduits regrettent encore.* »

truction populaire, très négligée jusqu'alors. La ville avait bien un collége, mais pas d'école primaire publique.

La municipalité en a organisé une déjà sérieuse, en traitant avec un nommé Gérard qui s'intitulait maître d'écriture et d'arithmétique. Le brave homme devait faire chaque jour cinq heures de classe aux garçons et une heure et demie aux filles. Pourquoi cette différence, à une époque où l'on parlait tant d'égalité ? Je l'ignore. Peut-être qu'aux yeux de la municipalité les garçons avaient la tête plus dure que les filles (On rit) Quoi qu'il en soit, notre magister avait donc six heures et demie de service par jour ; point de jeudi, et seulement quinze jours de vacances en automne. Le tout pour la bagatelle de 300 livres par an. Pas même vingt sous par jour ! Il n'y avait pas de quoi faire fortune. Il est vrai que la municipalité l'autorisait à donner des leçons après ses trois séances. Mais alors, il devait faire comme le philosophe Descartes qui donnait ses leçons à quatre heures du matin !

Mais il y a mieux encore. A la même époque, un maître de dessin offrait de donner des leçons gratuites à à la jeunesse, à condition que la ville lui offrirait deux chambres et une cuisine, le tout estimé 144 livres. Comme ce n'était pas trop cher, la ville a accepté et les cours ont commencé.

Enfin, la municipalité s'occupait aussi des pauvres ; car, au milieu de toutes ces agitations politiques, les affaires commerciales diminuaient et le nombre des indigents augmentait Le conseil se réunit donc et déclare « *qu'il est du devoir des administrateurs de s'occuper sans cesse du bonheur de tous.* » En conséquence, il achète 4,000 mesures de blé, afin de pouvoir à peu de frais donner du pain à tous les malheureux sans ouvrage. Grâce à cet acte de prévoyance, les pauvres ont pris patience, sans songer à se mêler aux agitations du dedans ou du dehors.

Voila une rapide esquisse de ce qui s'est passé à Vesoul pendant l'Assemblée nationale Constituante. Comme vous le voyez, le beau rôle est à la municipalité qui se montre active, prévoyante, soucieuse du progrès, soucieuse surtout de maintenir ces deux choses fondamentales qu'on appelle l'ordre dans la rue et le calme dans les esprits, le respect des autres et le respect de soi-même.

DEUXIÈME PARTIE

Le deuxième acte de la Révolution française commence avec l'Assemblée législative et la Convention. Deux grands faits dominent à l'intérieur cette période de sept ans : l'émigration et l'agitation religieuse. Vous en connaissez les causes ; voici les effets qui se sont produits à Vesoul.

Ici, comme ailleurs, la grande voix des orateurs de la Révolution avait trouvé un écho et il s'était formé dans nos murs deux sociétés qui entretenaient une agitation plus bruyante que terrible ; l'un s'appelait la *Société Populaire* ; elle représentait les idées avancées de la démocratie vésulienne et même était affiliée au fameux club des Jacobins, de Paris.

Il y avait là une poignée d'hommes ardents et audacieux qui formaient comme l'avant-garde du parti républicain et empêchaient les lâches de faiblir, les timides de retourner en arrière. Il s'y trouvait même des Vésuliennes qui auraient sans doute mieux fait de rester chez elles. Mais, comme on parlait beaucoup à la *Société populaire*, l'occasion a tenté certaines femmes, et l'une d'elles y a fait une petite leçon d'histoire dans laquelle elle expliquait *pourquoi les Français libres ont adopté l'usage du bonnet rouge*. Si elle avait parlé de bonnet à dentelles, c'était de sa compétence. Mais le bonnet rouge, non.

Cette *Société populaire* s'est rendue doublement célèbre. D'abord elle a lutté contre certains Vésuliens qui après le « Coup de poudre » de Quincey avaient voulu établir entre toutes les villes de la province une espèce de confédération pour maintenir partout l'ordre public. A aucun prix la *Société populaire* ne voulait entendre parler de fédéralisme, car elle y voyait un danger pour l'unité française. L'un de ses membres a même prononcé à cette occasion un discours qui a mérité les honneurs de l'impression. J'ai sous les yeux ce discours de 25 pages : il ne manque ni de justesse, ni de verve ; ainsi, il compare plaisamment les fédéralistes, qui voulaient briser l'unité française, à des hommes robustes et vigoureux qui se feraient disloquer les membres au risque de rester perclus.

Cette lutte contre le fédéralisme est tout ce que la *Société populaire* a fait de mieux.

Après cela, elle s'est occupée d'ériger sur un point élevé un monument en l'honneur de la liberté.

Mais où trouver ce point élevé? Ici, je laisse la parole à l'orateur de la *Société populaire* : « Je le trouve parmi vous, et je ne crois pas que le globe offre ailleurs rien de semblable. Au milieu de ce vallon délicieux, l'un des plus charmants de la France, vous avez une montagne pyramidale, tapissée de pampres, ou couverte de moisson jusqu'à la belle saison, et dont l'aspect riant réjouit encore la vue pendant les jours tristes de l'hiver. Citoyens! voilà le monument superbe que la nature elle-même vous a préparé et que je voudrais faire servir à immortaliser notre reconnaissance, en annonçant à toutes les nations notre dévouement inviolable à la Constitution dont la Haute-Saône défend les principes avec plus de 20.000 soldats sur les frontières. »

Et alors l'orateur demande qu'on supprime le nom prosaïque « la Motte », pour le remplacer par le nom de la *Montagne*. De cette manière, dit-il, la colline de Vesoul deviendra l'emblème naturel de la Montagne de Paris.

A cette première idée il en ajoute une autre : « Erection d'un obélisque en pierre bien solide, capable de résister aux injures du temps et de braver tous les frimats (sic). » A la base de ce monument, on graverait les trois inscriptions suivantes : d'un côté

A la Liberté
Et à la Convention nationale

de l'autre :

Fondation
de la République française
22 septembre 1792

et sur le troisième côté :

Triomphe
de la Liberté, de l'Egalité, de l'Unité et de
l'Indivisibilité de la République
31 mai 1793.

Enfin, sur chaque côté du fût même de l'obélisque, on aurait appliqué les médaillons immortels des quatre meilleurs citoyens de Vesoul. (On rit).

Le tout devait se terminer par un faisceau surmonté du bonnet de la Liberté.

Inutile de dire que la motion fut adoptée à l'unanimité et quelque temps après on posait la première pierre de ce monument.

Il y eut, à cette occasion, une cérémonie patriotique comme jamais Vesoul n'en avait vu. Vous connaissez le programme de ces fêtes civiles : salve d'artillerie, revue des troupes, etc . A Vesoul, on a organisé en outre une espèce de procession dont la description occupe

50 pages dans le volume que j'ai sous les yeux. Je me borne à vous en donner une petite analyse.

La foule était divisée en sections ; entre chacune de ces sections, il y avait un groupe de citoyens qui portaient, soit la devise républicaine : *Liberté, Egalité, Fraternité, Sûreté,* soit les bustes de Socrate, ou de Platon, Rousseau, Descartes, Voltaire, soit des drapeaux, soit des instruments aratoires, soit une boîte de plomb renfermant la déclaration des droits de l'homme, écrite sur du vélin, par une demoiselle de Vesoul. (Hilarité).

Enfin deux citoyens de Vesoul représentant Brutus et Guillaume Tell escortaient un vieillard qui montrait à la foule le bonnet de Liberté ; le cortège se continuait par les membres de la *Société populaire*, tous en bonnet rouge ; puis venait la municipalité, le conseil général, le comité révolutionnaire, et une foule de citoyens et même de citoyennes, car il n'y a pas une belle fête sans la présence des dames. Or, les Vésuliennes ont embelli cette cérémonie non seulement par leur présence, mais encore par leurs chants.

Le volume dit que c'étaient des chants révolutionnaires ; je suis certain que l'auteur exagère : c'étaient sans doute des chants patriotiques. Car elles étaient très patriotes, les Vésuliennes de ce temps là : et la preuve, c'est qu'après avoir chanté elles ont déclaré que si un seul homme hésitait à s'enrôler pour l'armée, elles iraient prendre sa place ! (Hilarité prolongée).

Bref, on pose la première pierre et le défilé des orateurs commence, car la France est un pays de discoureurs. Il a donc fallu entendre les harangues plus ou moins verbeuses :

Du vieillard qui portait le bonnet rouge ;

Du président de la Société populaire ;

Du citoyen qui représentait Guillaume Tell ;

Du citoyen qui représentait Brutus ;

Du citoyen qui représentait la philosophie ;

D'une citoyenne qui représentait les mères de famille ;

D'une autre citoyenne qui représentait les patriotes.

On était déjà saturé de discours quand un nouvel orateur s'est présenté. C'était, vous ne le devineriez jamais,
c'était un élève du collège (lequel collège était tenu par
des prêtres). Il s'est mis à faire l'éloge de Barras (il voulait dire Bara) ; puis, au nom de tous les collégiens (ils
n'étaient pas nombreux en temps-là) il a promis solen-
nellement de défendre jusqu'à la dernière goutte de son
sang, « les droits de l'homme gravés dans notre cœur par
la main de la Nature, en caractères plus indestructibles
que le marbre, le fer, le bronze et l'airain ! »

Après ce chef-d'œuvre, il n'y avait plus qu'à redes-
cendre. C'est ce qu'on a fait ; mais on est revenu par le
Transmarchement, afin de passer devant la maison des
ci-devant capucins, transformée en hôpital militaire, et de
régaler les malades d'un morceau de musique.

Enfin le cortège est revenu aux Allées, et là, devant
l'arbre de la liberté, on a chanté en chœur la fameuse
strophe :

Amour sacré de la Patrie.

Le procès-verbal ajoute que le reste de la journée
s'est écoulé dans la joie, la danse et les plaisirs du plus
pur patriotisme.

Cette fête a eu un grand retentissement. On en parlait
aux quatre coins de la France. Et voilà comment la ville
de Vesoul qui était une des plus petites de France, puis-
qu'elle comptait seulement 5,000 habitants, était une des
plus célèbres par son zèle civique et son dévouement
patriotique.

Pendant qu'on pérorait ainsi à la Société populaire, on agissait davantage au comité révolutionnaire de Vesoul, composé d'une douzaine de personnes. Ce comité recevait les dénonciations du dehors, ordonnait des perquisitions domiciliaires, et faisait comparaître devant lui les accusés.

Disons tout de suite, pour vous rassurer, que ces douze révolutionnaires n'étaient pas bien terribles. Ils menaçaient beaucoup et frappaient rarement. A les entendre, ils étaient des ogres, mais ils n'ont mangé personne.

Leurs perquisitions sont souvent amusantes.

Un jour, on leur signale la maison d'un émigré de Vesoul. Il devait y avoir des choses suspectes dans une armoire qui se trouvait au salon. La police y court On ouvre l'armoire, et l'on y trouve des tasses à café, des confitures, quelques bouteilles de liqueurs à peu près vides et une livre de sucre. De papier suspect, aucun !

La montagne en travail accouchait d'une souris !

Un autre jour, on dénonce au comité révolutionnaire un individu fort suspect, car il savait toutes les nouvelles de l'étranger avant les patriotes, et avait l'air de les narguer. Pour sûr, on trouverait chez lui une correspondance avec les émigrés. Vite, le comité révolutionnaire envoie la gendarmerie faire une bonne perquisition domiciliaire ! on inspecte les chambres, on ouvre les armoires, on fouille les meubles... Rien. Tout à coup, un gendarme trouve une lettre datée de Suisse. Voilà sans doute la pièce à conviction, on ouvre la lettre.. Déception ! ! Le gendarme déclare, dans le procès-verbal que j'ai lu aux Archives, que ce n'était pas un écrit politique, mais une lettre que ce brave homme avait reçue *de sa bonne amie* qui habitait la Suisse (On rit).

Un autre jour, le comité révolutionnaire apprend qu'il y a des troubles à Borey et envoie un officier de police pour faire une enquête et signaler les coupables.

Le rapport de cet agent est un chef-d'œuvre de fatuité et d'outrecuidance.

Il déclare d'abord que tous les gens de ce pays sont des imbéciles, sauf le curé, qui a l'air d'un brave homme ; qu'il a essayé de les instruire autant qu'il en est capable, mais que les habitants s'entêtent dans leurs erreurs et qu'il renonce à les éclairer, car ce sont des fanatiques.

Les autres dénonciations sont de la même valeur. Ici, on dénonce un scélérat qui a coupé un arbre de la Liberté; là, c'est un réactionnaire qui se montre indifférent pour la République. Ailleurs, c'est un conscrit qui se dit malade, mais qui se porte comme le Pont-Neuf (Il comptait peut être sur le patriotisme des Vésuliennes pour le remplacer à l'armée). Plus loin, c'est un accapareur qui cache son blé dans une localité ; c'est un vieil avare qui n'a pas offert un don patriotique, qui n'a pas voulu payer à boire aux volontaires partant pour l'armée du Rhin. Citons aussi une fille de Luxeuil dénoncée pour avoir dit au vicaire constitutionnel que l'on envoyait dans cette ville : « Vieux mâtin, vieux scélérat, que viens-tu faire ici? Nous ne voulons pas de toi pour pasteur ! »

Mais le dossier le plus curieux est celui d'un bon propriétaire campagnard, dénoncé au comité Révolutionnaire de Vesoul, car il arbore les fleurs de lis sur sa porte. On ouvre une enquête ; la preuve était visible à l'œil nu. On interroge le propriétaire qui proteste de son innocence, et soutient qu'il n'y a pas de fleurs de lis sur sa porte de fer. On envoie un expert pour vérifier la chose, et il se trouve en dernière analyse que cette fameuse fleur de lis était un dessin artistique, formé de lames de fer, par le caprice du forgeron.

Voilà quelles misérables affaires étaient le plus souvent soumises à l'examen du comité de Vesoul.

J'oublie une chose : ce qu'il y avait de plus ennuyeux, ce n'était pas l'examen de ces dénonciations ; c'est leur lecture même. Plusieurs sont écrites à la diable, avec une orthographe qui fait rêver ; on y trouve *danrée* avec un *a*, *orphèvre* avec *ph*, *billiard* avec un *i*, *caffé*, *deffense* avec deux *f*, des *balles* masqués, des *falanges*, avec un *f*; des projets *incensés*, comme *encensés*, des *citoilliens*, etc., etc. Dans une de ces pièces, il est question du citoyen Favière, de Vesoul, seigneur de la Rochelle, près de Cintré, arrêté à Flavigny. Le rapport dit qu'il est mis au *tablot* avec les *hautres*.

Quand enfin on était parvenu à déchiffrer ces pages rédigées dans un français douteux et avec une orthographe stupéfiante, le Comité Révolutionnaire procédait à l'interrogatoire du prévenu.

En voulez-vous un échantillon ? Ecoutez. Il s'agit d'un nommé Perrot qui était monté sur une voiture, où se trouvaient trois autres hommes.

D. — Vous auriez dit que le règne des prêtres va reprendre ; que la Convention nationale est composée d'un tas d'ambitieux qui ont abattu la religion pour se *parer eux-mêmes des honneurs de la divinité.* (sic).

R. Ces propos ont été tenus par mes voisins. Moi, j'ai adhéré par timidité. Même l'un d'eux m'a dit : « Ma femme est très malade, je donnerais 50 louis, pour qu'il vienne un prêtre ! »

D. — Vous auriez dit : « Le Gouvernement républicain ne convient pas ; il faut un roi ! J'irai au besoin à Paris pour le rétablir. Nous ne voulons pas soutenir la Convention, c'est à elle à se soutenir elle-même. »

R. — Je n'ai rien dit de pareil.

D. — Vous auriez dit : « C'est dommage que le petit Capet soit trop jeune. Il faudrait un bon Régent, comme le prince de Condé. »

R. C'est un des trois compagnons qui m'a demandé si l'on remettrait bientôt un roi sur le trône J'ai répondu que le petit Capet est trop jeune. Mais c'est l'autre qui a dit qu'il fallait nommer un régent tel que le prince de Condé. J'ai répondu : oui, citoyen. Alors il m'a dit : « Va te faire f......, avec ton mot de citoyen, dis-moi Monsieur ! »

D. - Votre fils est-il baptisé ?

R. — J'ai rempli la formule prescrite par la loi.

D. — Votre parente la femme Deborne, ne vous a-t-elle pas parlé d'un prêtre réfractaire ?

R. — Je n'ai pas vu cette femme depuis 12 ans.

D. —N'avez-vous pas donné d'argent à un prêtre réfractaire ?

R. — Depuis que ma maison a brûlé, je n'ai pas eu en mains un seul écu de trois livres. Si j'avais de l'argent, ce serait pour moi ! »

D. — Vous auriez dit : « On a guillotiné bien des gens qui n'ont pas tant fait de mal que moi ?

R. — C'était pour me moquer d'eux !

Ce rôle d'interrogateur était bien humble et bien effacé pour le comité Révolutionnaire de Vesoul.

Aussi, de temps en temps, il lançait lui aussi sa petite proclamation pour donner signe de vie et prouver qu'il surveillait les ennemis de la République. C'est ainsi qu'il intercepta, un jour, plusieurs billets anonymes qui invitaient les réactionnaires à venir à Vesoul, pour parler au Représentant du Peuple, et lui demander un adoucissement à la persécution religieuse.

Voici le texte d'un de ces billets, avec son orthographe curieuse :

Liberté !   *Egalité !*

Fraternité.

Citoyen,

Vous êtes invité, sitôt la présente reçue de vous
assemblé, et de faire une requette dans laquelle vous
exposeré vos besoin et vos soumission aux lois républicaine, et que vous entendez avoir le libre exercice de la
religion Catholique, que vous présenterez au Représentant du Peuple à Vesoul, le dimanche premier Nivose
prochain, à neuf heure du matin.

» Vous ne manquerez pas de vous y trouver, avec les
autre commune, pour le même objet de la religion Je
vous y invite, vous ne risque rien. »

Beaucoup de citoyens ont-ils répondu à cet appel ?
.C'est peu probable. On avait beau leur dire : *Vous ne
risquez rien*, ils pensaient sans doute que la défiance est
mère de la sûreté.

Toutefois. le Comité révolutionnaire a pris peur. On
s'en aperçoit dans la circulaire suivante qui se termine
par une menace.

Liberté, Egalité, Fraternité, Sureté, Mort aux tyrans.

Vesoul le 6 Nivose, l'an trois de la République
française une et indivisible.

*Les membres composant le Comité Révolutionnaire du
District de Vesoul.*

Aux Citoyens, Officiers municipaux et Agents nationaux,
près les Communes du Ressort.

Citoyens,

Nous sommes instruits que les malveillants ennemis
de la tranquillité publique se tourmentent en tous sens,
pour vous faire donner dans les pièges grossiers qu'ils

ne cessent de vous tendre pour altérer votre bonheur et votre repos.

Vous avez dû recevoir, ou peut être vous recevrez bientôt une lettre anonyme, par laquelle ou vous recommande de ne pas manquer de vous trouver à Vesoul, avec les autres communes, pour le trois Nivose au plus tard, afin de présenter au citoyen, représentant du peuple, une pétition tendante à avoir le libre exercice de la religion catholique.

Vous êtes trop sages, citoyens, pour ne pas vous apercevoir du danger et de l'inutilité de la démarche que l'on sollicite de votre bonne foi ; déjà, plusieurs communes ont rapporté leurs lettres au comité ; deux ou trois seulement ont donné des pétitions au représentant du peuple, qui n'a pu que plaindre l'erreur involontaire des pétitionnaires.

Soyez calmes, citoyens, et soumis aux lois de la république qui s'occupe sans relâche des moyens de vous rendre heureux ; gardez-vous de vous laisser égarer par des moyens perfides : dans vos doutes et vos inquiétudes, consultez les administrateurs à la sollicitude paternelle de qui vos intérêts les plus chers sont confiés ; recourez à nous, puisque la loi nous a établi pour veiller à votre sûreté ; mais surtout ayez pour principe que quiconque provoque des rassemblements, sous quelque prétexte que ce soit, est votre ennemi irréconciliable, et que celui-là qui se cache, conspire ; les hommes pervers fuient l'éclat du jour. Malgré que l'auteur de la lettre ait cherché à se masquer d'un voile obscur, ses efforts ont été aussi inutiles que coupables ; car bientôt nous saurons l'atteindre et le faire poursuivre ; ses instigateurs auront le même sort.

Signé : Bardenet, Aubry. Goichot, Ramondot, Bourgoing, Milliot, Vynnon, Monnot, Daguenet, Bressand (président) et Lafontaine (secrétaire). »

Voilà l'œuvre du comité révolutionnaire ; ce n'est ni bien méchant, ni bien terrible. C'est même quelque fois comique.

Ainsi, un jour on dénonce au comité tous les boulangers de Vesoul ! Quel était donc leur crime ? Le voici : Alors comme aujourd'hui, les boulangers fabriquaient du pain bis, du pain blanc et du pain de luxe. Tout cela au nom de la liberté. Mais au nom de l'égalité les douze membres du comité protestent.

Pourquoi trois sortes de pain ? C'est contraire à l'égalité des estomacs, à la fraternité des apppétits (On rit).

Vous riez ; vous n'êtes pas aussi sérieux que les grands hommes de la Terreur !

En effet, la municipalité a donné gain de cause au comité et décidé que l'on ne fabriquerait plus qu'une seule espèce de pain, appelé « *Pain de l'égalité* ». Quiconque en fabriquerait d'autre serait condamné à 50 livres d'amende et verrait tout son pain confisqué. Il était même défendu à tous marchands de vin, traiteurs, cafetiers, de vendre ou exposer d'autre pain que celui de l'*égalité*. Cet arrêté est du 21 février (1) 1793.

Voilà la plus forte extravagance commise à Vesoul pendant la Terreur. On foulait aux pieds la liberté pour faire triompher l'égalité !

Mais, dira-t-on, si le comité révolutionnaire n'a pas révolutionné grand'chose, du moins le tribunal révolutionnaire a dû condamner en masse C'est encore une erreur. A Vesoul, la Terreur n'a pas été terrible.

De mai 1793 à mai 1794 (c'est la période la plus aigüe de la Terreur), le tribunal criminel jugeant révolutionnairement n'a prononcé que deux condamnations à la déportation.

---

(1) Le texte porte : 21 *feuvrier* 1793.

Quelques individus accusés d'avoir voulu rétablir la royauté ont été poursuivis devant ce tribunal et condamnés à l'emprisonnement temporaire.

Le tribunal a fait comparaître devant lui six ecclésiastiques qui n'avaient pas voulu prêter le serment à la Constitution civile du clergé. Leur jugement n'offre rien de bien intéressant. A l'un, on reproche d'avoir relevé les croix abattues, à l'autre, d'avoir fréquenté les émigrés, à un troisième, d'avoir rétracté son serment. Le quatrième, M. Faverot, curé de Champvans, était accusé d'être en correspondance avec l'évêque de Lausanne qui lui avait écrit une longue lettre de quatre pages (1). Le cinquième était un prêtre de Besançon arrêté à Fougerolles ; il avait trouvé asile dans la maison Ougier ; mais il avait eu l'imprudence de se montrer derrière un volet. On le dénonce, on va perquisitionner dans la maison ; Madame Ougier et ses deux filles soutiennent qu'il n'y a personne. On monte au grenier, on le trouve blotti sous un tas de foin et on le ramène à Vesoul.

Tous ont été condamnés à être enfermés dans une maison d'arrêt, jusqu'à nouvel ordre. C'était donc une espèce de prison préventive qui pouvait cesser d'un moment à un autre. Par conséquent, l'espoir d'une prochaine délivrance tempérait les ennuis de la captivité.

Le Tribunal révolutionnaire de Vesoul a même poussé encore plus loin la mansuétude. Ainsi quelques citoyens, reconnus *suspects*, on été condamnés à rester en prison *chez eux*. Ils étaient simplement consignés. On mettait à leur porte un factionnaire qui exerçait sa consigne d'une façon plus ou moins rigoureuse, suivant la

---

(1) Cette lettre existe aux Archives. Le vicaire général de Lausanne qui représentait celui de Besançon, traçait à M Faverot la marche à suivre, pour reprendre son ministère. Et même il le grondait un peu de n'avoir pas montré plus d'énergie

générosité du prisonnier. Bref, comme on ne se servait pas de la guillotine (on s'en est servi seulement en 1796, et une seule fois), les Vésuliens ont reçu l'ordre d'envoyer à Belfort ce meuble inutile chez eux.

Quelle différence avec le tribunal révolutionnaire de Besançon ou de Lons-le-Saunier et surtout avec celui de Paris qui condamnait les gens par fournées !

A Paris, on condamnait un jour à mort une pauvre vieille femme accusée de conspiration. Quelqu'un dit au président : « Mais elle n'a pas pu conspirer, elle est sourde ! » — « Alors, dit le président, elle aura conspiré sourdement. » Et la sentence a été maintenue. A Vesoul, on contraire, on demandait la grâce des Lyonnais égarés. Ainsi donc, autant le tribunal révolutionnaire a été terrible ailleurs autant il a été bénin à Vesoul, même à l'époque du passage de Robespierre le jeune.

Car vous savez que Robespierre le jeune a séjourné quelque temps à Vesoul, comme commissaire extraordinaire de la Convention.

L'arrivée de ce terrible proconsul glaçait les âmes timides. Eh bien ! chose incroyable, Robespierre s'est montré doux et clément Il a commencé par faire mettre en liberté dix-huit cultivateurs en disant : « Ce sont des hommes nécessaires à l'agriculture. Autant le gouvernement républicain doit être terrible envers les coupables, autant il doit venir en aide aux êtres pusillanimes et égarés. »

Puis, examinant d'autres dossiers, il trouve que les arrestations ne sont pas justifiées, et il rend la liberté à ces malheureux.

Les habitants de Lure sont venus aussi se plaindre à lui, disant : « Nous mangeons du pain d'avoine. » Il les a dispensés de toute réquisition de blé (18 et 22 pluviose, an II).

Plusieurs citoyens de Vesoul avaient été enfermés comme coupables de fédéralisme.

Robespierre se rend à l'Assemblée populaire, et après avoir entendu les accusateurs et les défenseurs, il déclare que ces citoyens ont agi légèrement ; mais que ce n'est pas un motif suffisant pour les emprisonner.

Cette déclaration fut accueillie par des applaudissements frénétiques.

Les Vésuliens, charmés de sa douceur, ont donné une grande fête en son honneur. Cette fête a eu lieu dans l'Orangerie (dont on a fait depuis la chapelle du lycée). On s'est bien diverti, et Robespierre a poussé la galanterie jusqu'à offrir son bras à une dame Ferrand de Vesoul, et il a dansé avec elle. Cette dame a été très fière d'un tel honneur, car c'était la femme d'un vigneron de la Motte.

De Vesoul, Robespierre s'est rendu à Besançon et à Nice, et c'est de Nice qu'il a donné l'ordre aux magistrats de Vesoul d'arrêter un nommé Janoutot, dit Zouzou, qui lui était dénoncé comme émigré.

Voilà le rôle joué à Vesoul par les comités, le tribunal révolutionnaire, enfin par Robespierre lui-même. Comme vous le voyez, c'était de la Terreur à l'eau de rose. On était si peu méchant à Vesoul, qu'en pleine Terreur, le 15 mai 1793, le marguillier de la paroisse a demandé et obtenu de la municipalité, un crédit extraordinaire pour célébrer la fête de la Pentecôte. Et le maire a autorisé l'achat de deux cierges en cire, de 30 livres chacun, avec six pintes d'huile pour la lampe de l'église. Et cependant, comme vous allez le voir, les finances de la ville étaient à sec. Aussi, la délibération du conseil ajoutait qu'il fallait acheter ces divers objets *au plus juste prix*.

C'était, décidément, une municipalité modèle.

TROISIÈME PARTIE

Je viens de vous montrer l'état des esprits à Vesoul pendant cette période de quatre années. Il me reste à vous dire quelques mots de l'état de la ville elle-même.

Hélas ! il n'était pas gai ! la discorde, la violence, les discussions politiques, les changements fréquents d'administrateurs, tout avait paralysé l'agriculture, l'industrie et le commerce.

Les couvents des Capucins, des Ursulines et des Annonciades étaient fermés et leurs membres jetés en prison ou surveillés chez eux.

Le séminaire actuel était un hôpital pour les blessés de l'armée du Rhin ; le nombre de ces blessés augmentait tous les jours, et aussi, hélas ! le nombre des morts ; de sorte qu'il a fallu ouvrir un nouveau cimetière vers le Transmarchement,

Toutes les femmes de lessive de Vesoul étaient réquisitionnées pour laver les effets des soldats blessés.

Elles avaient tant d'ouvrage et elles étaient si mal payées, qu'un beau jour elles se sont mises en grève. On s'est décidé à augmenter leur salaire et elles ont repris leur rude besogne.

Dans les deux autres couvents, on avait installé une *renfermerie*, c'est-à-dire une sorte de petite prison. Celui des Ursulines (1) était la prison des femmes, mais une prison infecte. J'ai trouvé aux archives une pétition d'un sieur Bruneau, dont la maison touchait le couvent des Ursulines. Il déclare qu'il n'y a plus moyen d'habiter dans le voisinage de ces femmes qui prennent la cour pour un dépotoire. Et il le prouve avec un luxe de détails qui ferait rougir un nègre du Dahomey.

Sa pétition étant reconnue exacte, le conseil municipal a donné des ordres pour obliger ces femmes à mieux respecter les lois de l'hygiène et des convenances.

Au reste tout le monde se plaignait, tout le monde réclamait quelque chose. Il y a aux Archives départementales des montagnes de pétitions de toute nature.

L'un dit que ses champs ont été grêlés ; l'autre, qu'il a perdu son cheval ; il y a même une pétition d'une jeune fille qui se plaint que tel jeune homme ne veut pas l'épouser. Un propriétaire annonce que l'école centrale de Vesoul va lui prendre sa vigne pour en faire un jardin botanique et il réclame une indemnité très forte, car il venait de mettre dans cette vigne 50 hottées de bon fumier. Un autre réclame des balances qu'il a prêtées à la commission des salpêtres. Le grand imprimeur de de Vesoul, M. Poirson, réclame 300 livres de suif pour faire des chandelles et éclairer ses ouvriers, car on ne trouvait plus rien dans les magasins, depuis qu'on avait introduit la monnaie des assignats.

On avait organisé à Vesoul divers ateliers pour approvisionner l'armée du Rhin ; or, les entrepreneurs ne trouvant plus rien dans les magasins adressèrent une pétition au directoire vésulien.

Celui-ci n'y allait pas par quatre chemins et ordonnait aux maires des communes de fournir dans les vingt-

(1) Aujourd'hui l'Ecole normale.

quatre heures les objets demandés (bois, sable, pierre, charbon, voitures, chevaux), sous peine d'être traduits devant le tribunal révolutionnaire.

De Paris, la ville recevait tous les jours quelque réquisition nouvelle. Vesoul avait ordre de fournir un jour :

1,200 paires de souliers ;

Un autre jour :

1,200 paillasses, matelas, traversins.

2,400 paires de drap.

70,000 sacs de blé.

300 pelles.

300 peaux de moutons.

Le maire devait réquisitionner tous les chevaux de luxe, toutes les voitures disponibles, le tout à bref délai et sous les peines les plus sévères. Un autre jour le maire reçoit l'ordre d'envoyer 97 hommes à l'armée du Rhin (1). C'était un chiffre exagéré. Le maire a trouvé 50 volontaires et le Gouvernement s'en est contenté.

La municipalité montra d'abord un grand zèle à seconder le Gouvernement, mais bientôt ses ressources étaient épuisées, elle ne pouvait plus payer ses fonctionnaires, ni célébrer les fêtes patriotiques. Et pour comble de malheur la famine éclatait à Vesoul ; les marchés du jeudi restaient déserts. Les paysans des villages voisins ne voulaient plus rien apporter, ni beurre, ni œufs, ni volailles, ni légumes, ni même du blé, parce qu'on les payait en papier-monnaie. Le fameux « pain de l'égalité » allait manquer... La détresse était si grande que l'on a ordonné aux soldats de se contenter de leur pain de munition, et aux restaurants de rationner leurs pensionnaires.

----

(1) Le département de la Haute-Saône devait fournir 6 000 hommes.

Dans ces tristes circonstances la municipalité adressait des appels désespérés au directoire départemental qui faisait la sourde oreille.

Nous nous sommes dévoués pour l'armée du Rhin, disaient les municipaux, nous avons donné tout ce que nous avions et même ce que nous n'avions pas, et maintenant, nous laisserez-vous mourir de faim? Permettez-nous de réquisitionner chaque semaine 150 mesures de froment dans les communes de Pusey, Pusy, Vaivre, Coulevon, Colombier, Villerpot ; et nous sommes sauvés!»

Comme le directoire de Vesoul ne répondait toujours pas, la municipalité a fini par s'adresser à la Convention, et celle-ci, touchée du malheur des Vésuliens les a autorisés à prendre dans les magasins militaires le blé nécessaire à la consommation jusqu'au 11 novembre.

Après le fléau de la famine, il en est venu un autre : l'emprunt forcé d'un milliard sur les riches. Cet impôt a frappé 90 personnes à Vesoul, mais diversement. Celle qui a payé le moins a versé au Trésor la bagatelle de deux francs, prélevés sur le superflu de ses revenus ; celle qui a payé le plus est un M. Henryon qui a versé au Trésor 2,923 francs.

C'était beaucoup pour l'époque, mais on a pensé qu'il pouvait bien payer cela, car il était séparé de sa femme.

Une autre charge très lourde pour les Vésuliens c'était le logement des troupes. Il en arrivait continuellement de nouvelles qui logeaient chez les habitants.

On voyait de pauvres soldats errer dans les rues à la recherche de leur logement.

C'est alors que la municipalité a fait placer au coin de chaque rue une plaque qui en indiquait le nom, et devant chaque maison, une autre plaque qui en indiquait le numéro.

CONCLUSION

Que de choses il y aurait encore à dire sur cette terrible année 1793 !

Mais je ne veux pas abuser de votre patience ; je m'ar-
rête, sauf à continuer ce récit ultérieurement.

Mais je tiens à dégager de ce premier chapitre quelques réflexions qui serviront de moralité. La première,
c'est que notre ville, dirigée par des administrateurs
intelligents, fermes et modérés a su traverser sans trouble
et sans effusion de sang cette époque terrible et orageuse.

La seconde c'est que le patriotisme des Vésuliens s'est
élevé à la hauteur des événements. Ils ont subi des
épreuves douloureuses, et leur dévouement a été aussi
grand que leur infortune. Nous devons donc marcher sur
leurs traces : Noblesse oblige.

La troisième, c'est qu'après avoir franchi le cap des
tempêtes nous devons nous applaudir de vivre à une
époque paisible et calme sous un gouvernement répara-
teur qui, tout en nous préservant des agitations stériles et
des dissensions intestines, tient haut et ferme le drapeau
de la France !

La fin de cette conférence, dit le *Progrès franc-comtois*,
a été accueillie par une triple salve d'applaudissements,
et le conférencier a reçu aussitôt de nombreuses et légi-
times félicitations.

287